文‧圖／郭洪國雄
彰化師範大學輔導與諮商博士
現任樹德科技大學
諮商與生涯發展中心主任
兒童與家庭服務學系助理教授

圖／游文宏
樹德科技大學視覺傳達設計系

52044兒童生命教育系列

永遠記住你的好

文：郭洪國雄／圖：游文宏、郭洪國雄
總編輯：林敬堯／發行人：洪有義
出版者：心理出版社股份有限公司／地址：台北市和平東路一段180號7樓
電話：(02) 23671490／傳真：(02) 23671457
網址：http://www.psy.com.tw／電子信箱：psychoco@ms15.hinet.net
郵撥帳號：19293172 心理出版社股份有限公司
駐美代表：Lisa Wu，Tel: (973)546-5845
排版＆印刷者：辰皓國際出版製作有限公司
初版一刷：2009年11月／ISBN：978-986-191-314-8／定價：新台幣250元

KULO走了了，
走的時候很安祥，
就像睡著一樣，
只是沒有呼吸。
我們決定不用眼淚說再見，
只用美麗的回憶與KULO告別。

有一天早上，
媽媽輕輕喚醒了我，
爸爸、媽媽、妹妹和我，
靜靜地圍著KULO，
我們都不敢哭出聲音，
害怕吵醒熟睡的KULO。

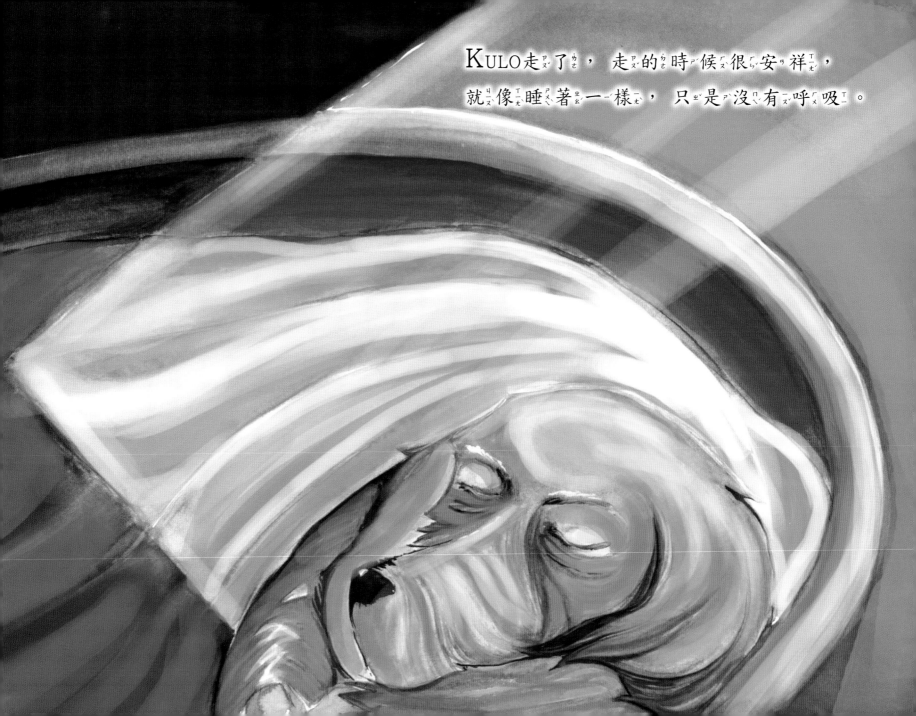

KULO走了，　走的時候很安祥，
就像睡著一樣，　只是沒有呼吸。

我和妹妹出生以前，KULO就已經住在這裡了，
牠是爸爸送給媽媽的生日禮物，
妹妹和我早就認定KULO是我們的家人。

我哭了一整天，
白天哭，晚上也哭，
躺在床上的時候，
眼淚還是停不下來。

媽媽說KULO太老了，
無法繼續陪伴在我們的身邊。

我ㄨㄛˇ懂ㄉㄨㄥˇ媽ㄇㄚ媽ㄇㄚ的ㄉㄜ意ㄧˋ思ㄙ，每ㄇㄟˇ一ㄧ個ㄍㄜˋ人ㄖㄣˊ都ㄉㄡ會ㄏㄨㄟˋ變ㄅㄧㄢˋ老ㄌㄠˇ，
老ㄌㄠˇ到ㄉㄠˋ無ㄨˊ法ㄈㄚˇ呼ㄏㄨ吸ㄒㄧ的ㄉㄜ時ㄕˊ候ㄏㄡˋ，就ㄐㄧㄡˋ是ㄕˋ該ㄍㄞ回ㄏㄨㄟˊ到ㄉㄠˋ天ㄊㄧㄢ堂ㄊㄤˊ的ㄉㄜ時ㄕˊ候ㄏㄡˋ。

很ㄏㄣ久ㄐㄧㄡ很ㄏㄣ久ㄐㄧㄡ以ㄧ後ㄏㄡ，
我ㄨㄛ們ㄇㄣ都ㄉㄡ會ㄏㄨㄟ回ㄏㄨㄟ到ㄉㄠ天ㄊㄧㄢ堂ㄊㄤ
的ㄉㄜ家ㄐㄧㄚ，與ㄩ我ㄨㄛ們ㄇㄣ的ㄉㄜ家ㄐㄧㄚ人ㄖㄣ
和ㄏㄢ朋ㄆㄥ友ㄧㄡ見ㄐㄧㄢ面ㄇㄧㄢ。

爸爸說：「KULO要回天堂的家了。」
媽媽說：「明天我們都要送KULO上路。」
我說：「我想把這個禮物送給KULO。」

媽媽說：
「今天晚上，你們都得想出五個與KULO有關的回憶。」
爸爸說：
「明天早上送KULO上路的時候，我們要好好地謝謝牠。」
我和妹妹都同意這樣做。

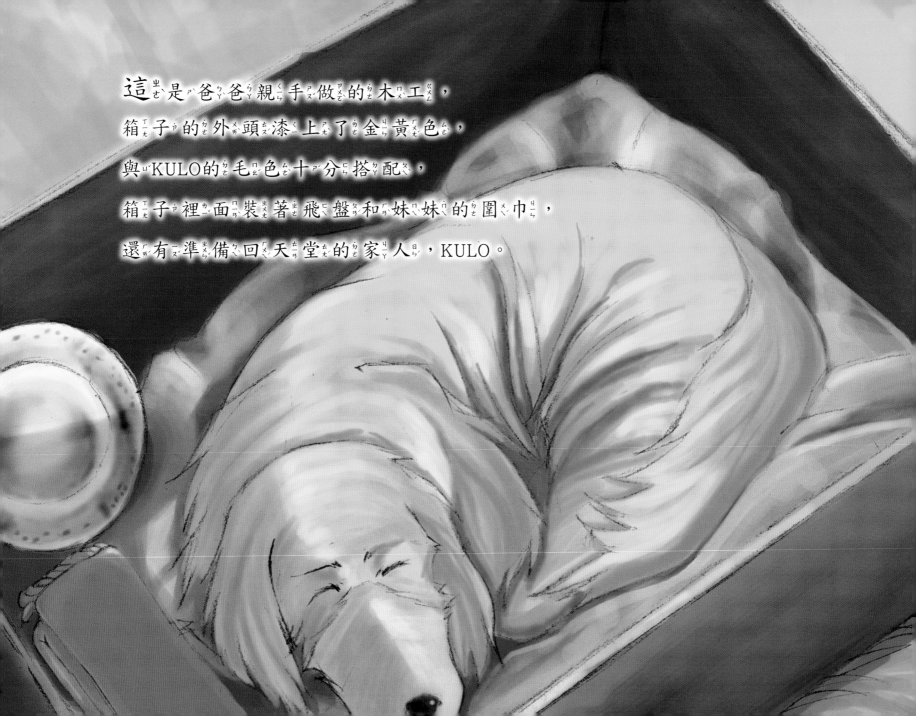

這是爸爸親手做的木工，
箱子的外頭漆上了金黃色，
與KULO的毛色十分搭配，
箱子裡面裝著飛盤和妹妹的圍巾，
還有準備回天堂的家人，KULO。

我ㄨㄛˇ和ㄏㄢˊ妹ㄇㄟˋ妹ㄇㄟˋ忍ㄖㄣˇ不ㄅㄨˊ住ㄓㄨˋ又ㄧㄡˋ哭ㄎㄨ了ㄌㄜ。
媽ㄇㄚ媽ㄇㄚ溫ㄨㄣ柔ㄖㄡˊ地ㄉㄧˋ說ㄕㄨㄛ：
「讓ㄖㄤˋKULO安ㄢ心ㄒㄧㄣ走ㄗㄡˇ吧ㄅㄚ！」

爸爸說：「現在請兩位小主人表現囉！」
媽媽說：「分享十件與KULO有關的回憶。」

妹妹說：「KULO總是乖乖地陪我看電視。」「牠從不搶我的遙控器」，妹妹滿足地說著。

我ㄨㄛˇ說ㄕㄨㄛ：「KULO會ㄏㄨㄟˋ陪ㄆㄟˊ我ㄨㄛˇ玩ㄨㄢˊ飛ㄈㄟ盤ㄆㄢˊ。」

「不ㄅㄨˋ管ㄍㄨㄢˇ丟ㄉㄧㄡ得ㄉㄜˊ多ㄉㄨㄛ遠ㄩㄢˇ，KULO總ㄗㄨㄥˇ是ㄕˋ接ㄐㄧㄝ得ㄉㄜˊ到ㄉㄠˋ」，我ㄨㄛˇ驕ㄐㄧㄠ傲ㄠˋ地ㄉㄧˋ說ㄕㄨㄛ。

妹妹說：「KULO是全世界最溫柔的KULO。」
「當我傷心的時候，牠總是靜靜地陪著我」，
妹妹的表情充滿懷念。

我_{ㄨㄛˇ}說_{ㄕㄨㄛ}：「KULO是_{ㄕˋ}全_{ㄑㄩㄢˊ}世_{ㄕˋ}界_{ㄐㄧㄝˋ}最_{ㄗㄨㄟˋ}勇_{ㄩㄥˇ}敢_{ㄍㄢˇ}的_{ㄉㄜ˙} KULO。」「只_{ㄓˇ}要_{ㄧㄠˋ}有_{ㄧㄡˇ}牠_{ㄊㄚ}，關_{ㄍㄨㄢ}燈_{ㄉㄥ}睡_{ㄕㄨㄟˋ}覺_{ㄐㄧㄠˋ} 我_{ㄨㄛˇ}也_{ㄧㄝˇ}不_{ㄅㄨˋ}怕_{ㄆㄚˋ}」，我_{ㄨㄛˇ}充_{ㄔㄨㄥ}滿_{ㄇㄢˇ}自_{ㄗˋ}信_{ㄒㄧㄣˋ}地_{ㄉㄧˋ}說_{ㄕㄨㄛ}。

妹妹說：「有一天，我的涼鞋被河水沖走了。」
「後來，是KULO跳下水幫我咬回來的」，
妹妹的語氣充滿了感激。

我說：「有一天，我在公園裡遇見三隻很兇的野狗。」
「後來，是『KULO把牠們趕跑的』」，我的語氣滿是得意。

妹ㄇㄟˋ妹ㄇㄟ˙說ㄕㄨㄛ：「KULO真ㄓㄣ的ㄉㄜ˙是ㄕˋ一ㄧ隻ㄓ很ㄏㄣˇ體ㄊㄧˇ貼ㄊㄧㄝ的ㄉㄜ˙狗ㄍㄡˇ。」
「有ㄧㄡˇ時ㄕˊ候ㄏㄡ˙我ㄨㄛˇ會ㄏㄨㄟˋ請ㄑㄧㄥˇKULO幫ㄅㄤ我ㄨㄛˇ一ㄧ個ㄍㄜ˙忙ㄇㄤˊ」，
妹ㄇㄟˋ妹ㄇㄟ˙有ㄧㄡˇ一ㄧ點ㄉㄧㄢˇ兒ㄦ˙不ㄅㄨˋ好ㄏㄠˇ意ㄧˋ思ㄙ˙地ㄉㄧˋ說ㄕㄨㄛ。

我說：「我經常把水壺遺忘在球場上。」

「後來，我想到了一個永遠不會忘記水壺的方法」，我尷尬地抓抓頭說。

媽媽說：「你和妹妹都是最棒的小主人。」
「只有好主人才會永遠記得KULO做過
的事情。」，媽媽覺得好欣慰。

「還ㄏㄞˊ差ㄔㄚˋ兩ㄌㄧㄤˇ件ㄐㄧㄢˋ事ㄕˋ情ㄑㄧㄥˊ喔ㄛ」，
媽ㄇㄚ媽ㄇㄚ溫ㄨㄣ柔ㄖㄡˊ地ㄉㄧˋ提ㄊㄧˊ醒ㄒㄧㄥˇ著ㄓㄜ˙我ㄨㄛˇ和ㄏㄢˋ妹ㄇㄟˋ妹ㄇㄟˋ。
我ㄨㄛˇ決ㄐㄩㄝˊ定ㄉㄧㄥˋ說ㄕㄨㄛ完ㄨㄢˊKULO為ㄨㄟˋ我ㄨㄛˇ們ㄇㄣ˙做ㄗㄨㄛˋ的ㄉㄜ˙
第ㄉㄧˋ九ㄐㄧㄡˇ件ㄐㄧㄢˋ與ㄩˇ第ㄉㄧˋ十ㄕˊ件ㄐㄧㄢˋ事ㄕˋ。

第九件事情是 KULO 會變成最棒的園丁，
讓花園裡的每一朵花開得很鮮豔、很美麗。

第二十件事情是 KULO 會變成最勇敢的警衛，
繼續守護著我們每一個人。
爸爸、媽媽和妹妹都同意我的說法。

說完了與KULO有關的十個美好回憶，
我發現除了幸福，
心裡完全沒有悲傷的感覺。

這個夜晚，我的心情格外寧靜，
帶著想念KULO的心情對牠說悄悄話，
我與KULO相約在每一一個甜甜的夢裡。

用「懷念」與「感恩」的心情告別

在「親親小媽」（Step Mother）電影中有一段非常感人的對話，一個罹患癌症末期的母親對一雙兒女說：「每一個人都是靠著被思念與被想念才能夠永遠活下來，雖然我們摸不到、也看不到，但是我們的心卻可感受得到……。」沒錯，每一個人終究都會走到生命的盡頭，再怎麼甜蜜的相逢也會有別離的一天，但是只要我們的心裡面還有那個人，透過懷念他、想念他，那麼他就會永遠存在。

面對悲歡離合、生離死別的衝擊，允許孩子充分表達自己的情感與懷念，對於走出傷痛會有很大的幫助。書中的父母，建議孩子盡情地訴說著KULO生前的點點滴滴，傾聽孩子帶著懷念與感恩的心情來回憶KULO，這是爸爸媽媽給孩子最好品質的親密與陪伴。兄妹倆訴說著與KULO有關的十件事情，這種感恩多過悲傷，懷念多過埋怨的回憶，不但給足了孩子面對失落的勇氣，更滋養了孩子踏上復原之路的力量。我們發現，原來KULO給了孩子們這麼多珍貴的回憶，讓孩子們可以無時無刻、無所不在地懷念牠，只要打開記憶的櫥窗，KULO的畫面就會浮現在每一個家人的腦海裡。

　　在生離死別的時刻，家人若能陪伴孩子、帶著感恩的心情，來懷念與感恩一個親朋好友或是一隻寵物，這些回憶一定都是美好的、甜蜜的；即使留下了不捨的眼淚，這些眼淚也必定是帶著懷念與感恩的好眼淚。這種含著眼淚，帶著微笑的心情與表情，將會幫助我們的孩子長得更堅強，變得更勇敢。因為我們相信，「懷念」與「感恩」會讓我們的孩子更懂得珍愛自己、尊重生命。